Klaus-Peter Runte

Der Seeadler von Möltenort

Klaus-Peter Runte

Der Seeadler von Möltenort

Ein Hamburger Jung

Eine Zeitreise
von 1940 bis 2010

2. Auflage 2021

R. G. Fischer Verlag

Bibliografische Information der Deutschen Nationalbibliothek:
Die Deutsche Nationalbibliothek verzeichnet diese Publikation in der Deutschen Nationalbibliografie; detaillierte bibliografische Daten sind im Internet über http://dnb.dnb.de abrufbar.

2. Auflage 2021

Orber Str. 30, D–60386 Frankfurt/Main

Titelbild: Jan Schuler © www.fotolia.de
Schriftart: Bergamo 12
Herstellung: ef / bf / BoD
ISBN 978-3-8301-9602-0

Für Nane und Lauritz

Dank gilt meinen Mitarbeiterinnen
Irma Mory, Inge Reuter, Meike Sachau

1

Ich mag diese Menschen, die sich Salz statt Zucker in den Kaffee tun müssen. Sie wollen sich nicht anpassen, nicht unterordnen lassen von den Heuchlern dieser Welt.

Wovon ich träume? Von einem freiheitlichen Land, in dem einem Weißen der Kosename »Blacky« und einem Farbigen »Schneeball« gegeben werden darf, ohne dass jemand Anstoß daran nimmt.

Die schönste Liebesgeschichte geht so: Zeus wandelte einmal als Bettler auf Erden. Niemand wollte ihm ein Nachtlager und Speisen geben. Erst Philemon und Baucis, das ärmste Paar im Lande, gaben es ihm. Sie schliefen auf dem Lehmboden ihrer Hütte und überließen ihm ihr Bett. Am nächsten Morgen gab sich ihnen Zeus zu erkennen und sagte ihnen, dass sie einen Wunsch freihätten. Nun, diese beiden Alten wünschten sich, dass sie nach ihrem Tode zwei Bäume werden könnten – eine Linde und eine Eiche. Zwei ewige Bäume, die nebeneinanderstünden.

2

Geboren bin ich in Hamburg während der Kriegsjahre. Mein Vater starb, als ich ein Jahr alt war. Als Marinearzt auf einem U-Boot liegt er mit seinen Kameraden auf dem Grund des Meeresbodens in einem Sarg aus Eisen. Das Ehrenmal in Möltenort am Ostufer der Kieler Förde gedenkt seiner auf einer Bronzetafel. Auf einer Stele wacht ein Seeadler.

In den letzten Kriegsjahren »bombten wir aus«, wie Mutter erzählte. Zu diesem Zeitpunkt befanden wir uns in einem Luftschutzbunker. Ohne Hab und Gut – wie Millionen zu dieser Zeit – zogen wir in eine Kleinstadt, in der Verwandte lebten. Bad Essen liegt am Rande des Wiehengebirges, der nördliche Teil wird durch den Mittellandkanal begrenzt.

Auf der anderen Seite des Kanals in Harpenfeld wohnten Freunde, sodass ich öfter über die Brücke musste. Man erzählte mir, sie würde einstürzen, wenn ich gelogen hatte. Ich war immer wieder froh, wenn ich das andere Ufer erreicht hatte.

Hin und wieder besuche ich noch Bad Essen. Der Kirchturm weist schon von Weitem den Weg. Der Kirchplatz mit seinen historischen Gebäuden weckt Erinnerungen. Wir wohnten im Schatten der Kirche. Echte Not litten wir nicht. Manchmal kam ein großes Paket aus Übersee – ein Care Paket mit dem Absender eines amerikanischen Wehrmachtsangehörigen. Trockenfrüchte, Konserven und Obst waren sorgfältig verpackt. Auf einigen Apfelsinen war »for Peter« aufgetragen.

3

Die Rückkehr nach Hamburg machte keine Schwierigkeiten. Die Volksschule, nicht weit vom Holi-Kino und der U-Bahn-Station Hoheluft, war meine neue Heimat. Benannt war die Schule nach einem Mann, der sich um die Leibesübung in diesem Land verdient gemacht hatte.

Eine Koedukation gab es damals nicht. Jungen und Mädchen waren in den unterschiedlichen Flügeln des Schulgebäudes untergebracht. Wir hatten jedoch einen gemeinsamen Schulhof. Dieser war allerdings durch eine unsichtbare Grenzlinie geteilt – der eine Teil für die Jungen, der andere für die Mädels. Es war streng untersagt, diese Trennung in den Pausen zu missachten. Für die Jüngeren wie mich war das kein Problem; die älteren Schüler und Schülerinnen flanierten jeweils in der Mitte an der Demarkationslinie entlang. Man nahm schon mal Witterung auf.

In den Schulpausen spielten wir Karten oder mit Pfennigmünzen. Die Karten bestanden aus den Deckblättern von Zigarettenschachteln. Die Schachteln waren zu dieser Zeit fest gepresstes Papier – wie Pappe. Die meisten von uns hatten einen ganzen Stapel gehortet. Man legte jeweils das Deckblatt einer Zigarettenschachtel aus, und wenn dann eine Zigarettenmarke doppelt auflag, so gehörten die Karten dem Spieler, der die letzte Karte gelegt hatte. Zum Beispiel Juno auf Juno, Reval auf Reval, Overstolz auf Overstolz – so ging das.

Bei dem Pfennigmünzen-Spiel warfen wir diese an eine Wand der Schulhofmauer. Wer der Wand am nächsten war, konnte die Münzen behalten, wenn er noch eine kleine technische Übung bestand. Wir nahmen die Münzen in die hohle Hand, warfen sie leicht hoch, ließen sie auf dem Handrücken aufprallen und versuchten sie dann beim Hinunterfallen von oben zu greifen. Wir waren darin sehr fix.

Es war eine sorglose Zeit für uns Kinder. Und wenn wir uns so richtig wohlfühlten, sangen wir übermütig: »Von den blauen Bergen kommen wir, unser Lehrer ist genauso doof wie wir.«

Die Erinnerung an diese Zeit könnte ungetrübt sein, wäre da nicht ein Ereignis, welches Jahrzehnte später mir arg zu schaffen machte. Ich muss gestehen, dass ich mich nach dieser Nachricht zwingen musste, innere Ruhe zu bewahren hinsichtlich meiner Gefühle und Gedanken.

Wie schon erwähnt war die Schule nach einem Mann benannt worden, der die Leibesertüchtigung in diesem Land förderte. Er lebte zu einer Zeit, in der es darum ging, Kräfte gegen die napoleonische Besetzung zu mobilisieren. Er war der Wegbereiter des heutigen Geräteturnens, und wir Jungen waren stolz, in einer Schule seines Namens Lesen, Schreiben und Rechnen zu lernen.

Aber wie es so ist auf dieser Welt: Auch wenn ein Mensch mehr als 150 Jahre in der Erde ruht, Gesinnungswächter ruhen nicht. Geister, die glauben der Kompass für Aufrichtigkeit zu sein, graben auch Tote nach mehreren Jahrhunderten aus und verunglimpfen deren Leben.

Die Schule wurde umbenannt.

Ich habe daraufhin noch einmal den Pausenhof besucht und an den ehemaligen Namensgeber gedacht. »Turnvater, gräme dich nicht, du bist deinen Weg gegangen, wie wir alle ihn gehen müssen. Ich kann in deinem Leben nicht erkennen, was diese Umbenennung rechtfertigt. Aber wie ich dich einschätze, bist du auch ganz gelassen. Schließlich hast du dein Leben nicht dahin gehend ausgerichtet, um später den Namen einer Schule zu tragen. Außerdem sieh dich um. Du wirst feststellen im guten Sinne nicht vergessen zu sein. Auch die Stadt Hamburg benennt weiterhin einen Straßenzug und den angrenzenden Sportplatz nach dir. Und im Süden dieses Landes an der Donau gelegen ist eine Stadt, deren Sportverein auf dem Trikot deinen Namen trägt.«

Das Holi-Kino an der Schlankreye verdient noch eine Würdigung. Hier habe ich in meiner Schulzeit viele Filme gesehen. Besonders die amerikanischen Western der Fünfzigerjahre in der Jugendvorstellung sonntags um 14 Uhr. Alan Ladd in »Mein großer Freund Shane« war einer von ihnen. Die letzte Szene, in der Shane davonreitet und der Junge hinter ihm herruft, bleibt in Erinnerung. Einen anderen Film, der mir im Gedächtnis haftet, sah ich ein paar Jahre später auch im Holi. Er galt einem mexikanischen Freiheitshelden. Auch hier war es – so meine ich – die Schlussszene, wie Zapata in eine Falle gelockt und von Carabinieri, die sich hinter den Zinnen einer Mauer erhoben, durchlöchert wurde – »Viva Zapata«.

4

Wir wohnten in der Hochallee. Eine Straße, welche die Stadtteile Eppendorf und Grindel verbindet. In den Fünfzigerjahren noch eine ruhige Straße, auf der wir Rollschuh laufen konnten. Heute ist das ganz anders.

Wir spielten Kippel-Kappel und im Innocentiapark Völkerball. Es war die Zeit der Diabolos und Hula-Hoop-Reifen. Ich hatte inzwischen auf die Oberschule gewechselt – auf das Gymnasium für Jungen in Eppendorf.

Große Teile der Hochallee waren von den Bomben des Krieges verschont geblieben. Wunderschöne Etagenhäuser und teilweise auch Einzelhäuser säumten die Straße. Das Wohnen auf den Etagen muss man sich so vorstellen: Eine ganze Etage konnten sich nur wenige Familien leisten. Zunächst wohnten wir als Untermieter eines Hauptmieters. Später dann, als es uns finanziell besser ging, waren wir die Hauptmieter und vermieteten unter. Und noch einige Jahre später konnten wir uns die ganze Etage leisten. So war das zu jener Zeit, es ging Schritt für Schritt. Meine Mutter hatte wieder geheiratet und ich hatte zwei Zwillingsschwestern bekommen.

Der Wohlstand war in diesen Jahren ganz anders definiert. Irgendwann mussten wir drei Kinder nicht mehr das Badewasser teilen. Es hatte immer Verdruss gegeben, wenn ich vorgezogen wurde und als Erster in die Wanne durfte.

Die zweite Ehe meiner Mutter mit dem Vater meiner Schwestern hielt nicht, sodass ich fortan mit Mutter und zwei jüngeren Schwestern lebte.

Das Gymnasium in Eppendorf war eine angesehene Schule, in einem schon zu damaliger Zeit angesagten Stadtviertel. Dies machte sich auch bemerkbar in der Zusammensetzung der Schüler. In der Grundschule waren mir Standesunterschiede nicht aufgefallen. Jetzt aber registrierte ich doch die unterschiedlichen Elternhäuser. Aber es gab keinerlei Diskussionen über unterschiedliche Kleidung oder ein Markenbewusstsein, wie wir es heute beobachten. Auch Neid und Missgunst waren uns fremd. Oder bin ich hier nicht ganz ehrlich?

Es gab nämlich einen Klassenkameraden, den ich um etwas beneidete: um seinen Vater – er war 1936 Olympiasieger in Berlin gewesen – und um seinen Pullover.

Dazu muss man wissen, dass Sport immer eine große Rolle bei mir spielte – und da waren die sportlichen Aktivitäten in unserer Klasse doch alles andere als deckungsgleich. Während die einen beim Klub an der Alster Tennis spielten, im Klipper HC Hockey oder im Norddeutschen Regattaverein auf der Alster ihren Piraten segelten, spielte ich bei Victoria Fußball und schlug mir auf den Grandplätzen der Hansestadt jedes Wochenende die Knie auf. Aber ich war darüber nicht unglücklich, so war es nun mal.

Kommen wir zurück zu dem Pullover. Der Segelklub NRV hatte für seine Mitglieder einen »todschicken« Pullover mit V-Ausschnitt. Tiefdunkles Blau und eine markante Streifung der Vereinsfarben am Ausschnitt. Ich war noch ein junger Bursche – aber dieser Pullover hatte Klasse.

An dieser Stelle greife ich etwas vorweg: Vor dem Hintergrund der Liebe zum Sport, erkannte ich später auch, welchen Einfluss sportliche Erfolge für das Selbstbewusstsein einer Bevölkerung haben können. Das Siegtor von Helmut Rahn bei der Fußballweltmeisterschaft 1954 im Berner Wankdorf-Stadion zeigte unserem gebeutelten Land, dass wir es schaffen können. Und sechs Jahre später war dieses Land zum ersten Mal wieder richtig stolz auf sich. Auf dem Albaner See bei den Olympischen Spielen in Rom war die Geburtsstunde des Deutschland-Achters.

5

Der Kalender eines sportbegeisterten Jungen in der Hansestadt war randvoll mit Ereignissen. Für mich waren es die Fußballspiele des HSV in der Oberliga Nord, die internationalen Tennismeisterschaften am Rothenbaum und das Spring-Derby in Klein-Flottbek. Das Spring-Derby hatte womöglich nur deshalb seinen Platz, weil nicht weit davon entfernt meine Großeltern Haus und Garten hatten.

In den Elbvororten gehörte die Derbywoche einfach zum Programm. Den Parcours kannte ich in- und auswendig. Besonders der große Wall mit seinem Steilsprung gleich dahinter hatte es mir angetan. Hier und an Pulvermanns Grab entschied es sich meist, wer Sieger oder Verlierer werden würde. Es war die Zeit des Fritz Tiedemann, der fünfmal erfolgreich war. Aber auch an Hans-Günther Winkler mit seiner Halla erinnere ich mich gut. Später dann räumte ein Brasilianer ab: Nelson Pessoa beeindruckte überwiegend die Damen. Es waren fast ausschließlich die Nachmittage in der Woche, an denen ich zum Derbyplatz radelte. Das Wochenende mit dem Derby am Sonntag gab mein Taschengeld – und was ich so dazuverdiente – nicht her. Aber es war für mich auch eine Genugtuung, am Sonntagnachmittag über den Verlauf des Springens gut Bescheid zu wissen, ohne auf dem Gelände zu sein. Der zu uns hinübergetragene Applaus erzählte mir zwar nicht, wer der Sieger war, aber mit der Zahl der Null-Fehler-Ritte lag ich fast immer richtig.

Die Spiele des HSV am Rothenbaum, gleich neben der Tennisanlage, bleiben für mich unvergessen. Die Mannschaft könnte ich heute noch im Schlaf aufsagen. Vorne der Mittelstürmer Uwe Seeler, im Mittelfeld Bruder Erwin und hinten Spundflasche. Uwe Seeler zur Seite stand Klaus Stürmer und außen trieb später Charly Dörfel seine Späße. – Was Stan Libuda für Schalke war, war Charly Dörfel für die Hamburger. Uwe Seeler war das Fußballidol unserer Jugend. Sein unermüdlicher Einsatz auf dem Feld und seine Volksverbundenheit wurden schon zu Lebzeiten Geschichte. Seine Volksnähe konnte schon mal so weit gehen, dass er sich während eines Interviews im Schritt kratzte – aber »uns Uwe« durfte das. Sein Sportgeist, sein untadeliges Familienleben und die Liebe zu seiner Heimatstadt machen ihn unvergessen. – Wenn ich Taxifahrer wäre – dieser Mann hätte bei mir ewig freie Fahrt.

Die internationalen Tennismeisterschaften an der Hallerstraße waren in den Fünfzigerjahren – wenn man es mit heute vergleicht – noch ein intimes Turnier. Es gab keine abgeriegelten Bereiche für »very important persons«, das Klubhaus war für Spieler wie auch für Besucher zugängig und der Hauptplatz unterschied sich von den anderen Plätzen nur durch einen höher aufgeschütteten Wall mit überwiegend Stehplätzen. 1956 fanden die German Open zum 50. Mal statt, nun fasste der Centre-Court 5000 Plätze. Kein Dach, kein Schickimicki. Die Atmosphäre war weiterhin familiär. Es war ein typisches Sandplatzturnier, in dem damals Australier und Südeuropäer dominierten. Budge Patty und Rod Laver waren die Zugpferde des fünften Kontinents. Das Spiel auf der roten Asche lag nicht jedem. Die Ballwechsel waren länger, der Aufschlag spielte keine übergeordnete Rolle. Ich mochte diese Kämpfer auf Sand, die keinen Ball aufgaben.

In späteren Jahren waren auch deutsche Spieler erfolgreich. Wilhelm Bungert und Christian Kuhnke zum Beispiel. Und auf einem Nebenplatz trainierte eine rotblonde Nachwuchshoffnung mit Trainer Bosch.

Ein besonderes Erlebnis möchte ich nicht unterschlagen. Ich deutete schon an, dass der Besuch dieser Veranstaltungen mit dem mir zur Verfügung stehenden Geld schwer zu vereinbaren war. Wir mussten also kreativ sein, um es mal nachsichtig auszudrücken. – Es war Mitte der Fünfzigerjahre, Lew Hoad spielte gegen einen Italiener im Endspiel. Dieses Finale wollte ich unbedingt sehen. Die Nordseite der Anlage wurde begrenzt durch die Hansastraße. Hier war ein lang gezogener Zaun, vor dem Autos parkten. Einen Seiteneingang gab es auch, aber der war meist geschlossen.

Hier – so meinte ich – müsste sich doch eine Gelegenheit bieten, auf die Turnierplätze zu gelangen. Ich erinnere heute nicht mehr, wie ich es letztlich schaffte, eine Lücke im Maschendraht zu finden. Ich weiß nur noch, dass ich es irgendwie bewerkstelligte und mächtig stolz auf mich war.

Ich glaube, das war mein Fehler, ich sah mich schon auf dem Centre-Court mit bestem Blick auf das Geschehen. Ich musste ja nur noch die paar Stufen hoch, um oben auf dem Wall zu sein. Ich war unvorsichtig, denn sonst hätte ich den Ordner zwischen den dicht gedrängten Zuschauern oben am Ende der Treppe bemerken müssen. Als ob er auf mich gewartet hätte, baute er sich vor mir auf und verlangte die Eintrittskarte. Heiliger Rauch, ich saß in der Falle. Umständlich suchte ich meine Taschen ab – nach einem nicht vorhandenen Ticket. Wortreich versuchte ich dem Ordner zu erklären, dass ich die Eintrittskarte doch eben noch in der Hand gehabt hatte. Er grinste mich nur an und ich hatte den Eindruck, er schaute schon nach einem Kollegen, der mich in Empfang nehmen sollte – aber nicht zu meinem Vorteil.

Tja, und dann passierte plötzlich etwas – es kam ein Engel auf Erden. Ein mir fremder Zuschauer ganz in der Nähe hatte offensichtlich das Ganze beobachtet. Anders war es nicht zu erklären. Eine Hand schob mir ganz sachte und unbemerkt etwas in die Gesäßtasche meiner Jeans. Liebe Leser, Sie wissen, was es war. Der Ordner verstand die Welt nicht mehr, als ich ihm nun doch noch die Eintrittskarte präsentierte.

6

Das Zeugnis der Reife (Abitur) erhielt ich 1963. Ein Jahr, welches ich eher mit dem Ende der Oberliga Nord und dem Beginn der Fußball-Bundesliga verbinde. Das Zeugnis wurde mir nämlich nur ausgehändigt, die wahre Prüfung war 1962 – ein Jahr zuvor.

Aber der Reihe nach: Wir waren der letzte Schuljahrgang, der sechs Grundschuljahre (auf der Volksschule) hatte. Am Ende der sechsten Klasse mussten diejenigen, die auf die Oberschule wollten, eine Prüfung absolvieren. Zwei Wochen wurde ich mit anderen Schülern in der benachbarten Bismarckschule geprüft. In einem Klassenverband wurden wir mündlich und schriftlich getestet, ob wir das Zeug hätten, auf dem Gymnasium zu bestehen. – Ich kam durch. Zu verdanken hatte ich dies einem Lehrer und einer Lehrerin. Die Lehrerin hatte uns im letzten Jahr im Rechnen fit gemacht. Jede Morgenstunde begann mit Kopfrechnen, bis unsere Köpfe rauchten. Frau K. hatte eine sehr weibliche Angewohnheit. Immer, wenn sie uns nach einem erfolgreichen Tag noch aus der »Roten Zora« vorlas, setzte sie sich auf das Lehrerpult und schlug die Beine übereinander, aber so, dass ihr Rock nicht zu knapp nach oben rutschte. Unsere Köpfe rutschten ebenfalls nach unten und wir schielten nach oben. Frau K. hat das mächtig amüsiert.

Den Lehrer hatten wir in der vierten und fünften Klasse. Er hatte – wie ich mich zu erinnern glaube – einen theologischen Hintergrund. Er war der damaligen Not geschuldet als Seiteneinsteiger in den Lehrberuf aufgenommen worden. Es waren zu viele Pädagogen im Krieg geblieben. Herr V. war eine Persönlichkeit, hochintelligent und impulsiv. Wenn wir es an Aufnahmefähigkeit vermissen ließen, war er völlig verzweifelt. Hin und wieder riss er das Fenster auf und brüllte auf den Schulhof: »Hier sind alles Idioten!« Herr V. führte ein straffes Regiment. Diese beiden Jahre waren schulisch erste Liga – für Herrn V. aber möglicherweise die letzten im aktiven Schuldienst. Er wurde versetzt.

Der Grund war eine wohl schon zu damaliger Zeit eher unübliche Erziehungsmethode. Wenn Lehrer V. bei uns eine gröbere Verfehlung sah, musste einer von uns dies mit entsprechenden Namen notieren. Zum Wochenende wurde abgerechnet, die Zahl der Verweise musste ausgelöst werden. Die Delinquenten standen dann in einer Reihe am Lehrerpult. Herr V. kniff mit der linken Hand resolut in die Wange und gab uns mit der rechten eine Ohrfeige – oder auch zwei, wenn wir zwei Verweise hatten. Es muss Schüler gegeben haben, die das ihren Eltern klagten. Diese wandten sich wohl an die Schulleitung und diese an die Schulbehörde.

Mein Kommentar: Gefreut habe ich mich zwar nicht auf diesen Wochenabschluss, aber ich habe immer gewusst, wofür ich die »Watschen« erhielt. Jahre später habe ich dann auch erfahren können, wie viel ich Herrn V. zu verdanken habe.

7

Die Gymnasialzeit begann 1955. Die siebte bis 13. Klasse sollten folgen. Die Nomenklatur war jetzt auf Latein – man zählte abwärts: Sexta, Quinta, Quarta, Untertertia, Obertertia, Untersekunda, Obersekunda, Unterprima, Oberprima. Aber das war nur die äußere weiche Schale, der innere Kern war deutlich härter. Wir mussten wirklich ran. Vom ersten Jahr an stand Leistung auf dem Stundenplan. Von den 40 Schülern beim Start unserer Klasse erreichte nicht einmal die Hälfte das Ziel. Viele von uns mussten mindestens ein Jahr wiederholen oder schieden in der zehnten Klasse mit der mittleren Reife aus. Ich hatte Latein, Englisch, Französisch – als zusätzliches Wahlfach nahm ich später Spanisch. Deutsch und Mathematik waren die Königsklasse. In den Fächern Erdkunde, Biologie und Geschichte konnten wir etwas Luft holen. Entspannung gab es nur bei Musik und Sport. Überdies hatten wir Gemeinschaftskunde und Religion.

Wenn ich an diese Zeit denke, waren es aber eher die außerschulischen Aktivitäten, die in Erinnerung blieben: Sport, Musik, Lesen, Kino, Malerei und Rumtrödeln – darüber später. Die Märklin- und Stabilbaukästen hatten nun ausgedient. Wir begannen an uns selbst zu basteln. Es wurde alles komplizierter, nicht zuletzt, weil die Mädels mitspielen wollten. – Es wird Ihnen auffallen, liebe Leser, dass ich die Irrungen der Gefühle nicht thematisiere. Ich möchte mich nicht wieder verlaufen – so wie es damals öfter geschehen ist. Lassen wir es also, ich gebe mich geschlagen.

Das Gymnasium stand in Eppendorf, einem pulsierenden Stadtteil. Es gibt Leute, die Eppendorf für das Herz von Hamburg halten. Die Innenstadt war nicht weit, die Alster um die Ecke. Hier konnte man es aushalten.

Die Jahre auf der Oberschule liefen so dahin. Wir waren überwiegend damit beschäftigt, das Klassenziel zu erreichen. An das Abitur dachte ich noch nicht, nur an die Versetzung in die nächsthöhere Klasse. Dies wurde für mich insofern etwas enger, weil es der Englischlehrer nicht gut mit mir meinte. Ich war alles andere als sein Liebling. Er ließ nichts aus. Eine seiner aufbauenden Maßnahmen ging so: Vor dem Zurückgeben der schriftlichen Arbeiten nannte er oft die Schüler, welche eine mangelhafte Fünf geschrieben hatten. Wenn man nicht dabei war, konnte man sich entspannt zurücklehnen, eine ausreichende Vier war gesichert. Hin und wieder aber ließ er mich aus, und wenn ich dann voller Vorfreude mein Heft aufschlug, hatte ich … eine Fünf. Er schielte dann voller Häme zu mir rüber. Er wollte meinen Skalp. Irgendwann gab ich dann dieses Fach als Leistungsfach auf und akzeptierte, dass ich damit nur noch »mit Bedenken« versetzt wurde. Mit Bedenken versetzt wurde man nur, wenn im Zeugnis ein Mangelhaft stand. Auch das Abitur konnte man damit erreichen, es durfte nur nichts dazukommen. So hatte ich kalkuliert, aber da hatte ich mich verrechnet.

Ich muss in den schriftlichen Abiturarbeiten wohl nicht sehr erfolgreich gewesen sein. Überdies hatte ich in der Deutscharbeit das Thema verfehlt – so nannte man das damals. Lediglich Top-Leistungen im Mündlichen konnten mich noch retten. Aber dieses Mal kam kein Engel auf

Erden. Irgendwann in einer Vormittagsstunde des entscheidenden Finaltages wurde ich in einen Prüfungsraum gebeten. Da saßen sie alle: die Lehrer und Prüfer, die Schulrätin an der Spitze. Ich hörte zu, aber die Worte gingen an mir vorbei, bis ich endlich die Schulrätin unterbrach: »Was ist nun, bin ich durchgefallen?« Sie nickte mit dem Kopf. Daraufhin packte ich mein Bündel und verließ den Raum. Draußen auf dem Flur standen die Klassenkameraden mit versteinerten Gesichtern, sie wussten nicht, wohin mit den Blicken. – Am letzten Tag unserer gemeinsamen Schuljahre habe ich noch einmal erleben dürfen, dass wir wirklich eine Gemeinschaft waren. Ich drückte mein Bedauern aus, dass ich die abendliche Abschlussfeier verdorben hätte – und wollte dann nur noch weg.

Aber so einfach war das nicht. Der Klassenlehrer bestand darauf, dass mich jemand begleitete. Mein Einspruch nützte nichts. Man stelle sich einmal vor, jemand sollte mich nach Hause bringen. Das war in meinem ganzen Leben noch nie passiert. Es waren nur ein paar Straßen. Ein kurzes Stück Hegestraße, dann links in den Eppendorfer Baum, über den Isebekkanal, unter der Hochbahnüberführung durch und dann waren wir in der Hochallee. Zum Plaudern war mir nicht zumute, auch mein Kopf war leer. Nur einmal, als wir über die Brücke des Kanals gingen, regte sich etwas in mir. »Glaubten die etwa, ich würde da hinunterspringen?«

8

Die Niederlage bei der Abiturprüfung habe ich versucht sportlich zu sehen. Ich gab niemandem die Schuld. Wenn wir mit der Schulmannschaft im Fußball gegen das Wilhelmgymnasium mit 3 zu 2 verloren hatten, bin ich auch nicht hingegangen und habe über Pfosten- und Lattenschüsse geklagt und nicht gegebene Elfmeter betrauert. Wir hatten verloren. Punkt um. – So habe ich auch das durchgefallene Abitur eingeordnet. Aber eines war doch merkwürdig: In den Jahren darauf waren Körper und Geist schnell wieder auf Kurs. Das Wiederholungsjahr auf der Schule wurde mir leicht gemacht. Es galt, neue Ziele und Aufgaben in Angriff zu nehmen.

Dennoch verfolgten mich noch viele Jahre später nächtliche Albträume. Prüfungsversagen mit Existenzängsten ließen mich schweißnass aufwachen. Körper und Geist können sich wohl schnell erholen, aber die Seele vergisst offensichtlich nur langsam.

Unser Lebenslauf besteht sicherlich aus mehreren Phasen. Aber wenn wir ihn etwas rustikal aufteilen, so besteht er doch überwiegend aus zwei Abschnitten. Die Kinder- und Jugendzeit im ersten Teil und die Erwachsenenwelt im zweiten. In den Kinder- und Jugendjahren sind wir die Nehmenden. Uns wird viel geschenkt und wir werden behütet. Später dann fordert das Leben seinen Tribut, wir müssen (zurück-)geben und erkennen, dass manche Entscheidungen nicht rückgängig zu machen sind, dass alles seinen Preis hat.

Dazwischen liegt eine Zeit – so habe ich es erleben können – des Abwägens, des Nachdenkens. Was liegt hinter mir, was hat mich bisher geprägt? Und wie stelle ich mir mein weiteres Leben vor? Es gibt Menschen, die glauben, dass wir alle zu einem bestimmten Zweck in die Welt gestellt wurden. So sehe ich das nicht. Aber wir sollten uns schon fragen, wo unser Platz sein sollte.

Als Kind und Jugendlicher habe ich alles aufgesogen, was sich mir bot. Ich habe gelesen, gemalt, musiziert und Sport getrieben. Auch ins Kino bin ich gegangen – Lichtspielhäuser nannte man damals die Häuser mit der großen Leinwand. Die deutschen Heldensagen, die Märchen aus 1001 Nacht haben mich gefesselt. Angefangen hatte es allerdings mit Grimms Märchen. Wer erinnert sich nicht an seine Kindheit und an das kleine verlassene Mädchen, welches nur das besaß, was es am Leibe trug? Ein Stückchen Brot hatte es bereits verschenkt. Bei dem Gang über die Felder gab es den Kindern, die arm waren wie sie selbst, ihre Mütze und das Leibchen. Und als es in einen dunklen Wald kam, gab es auch noch das letzte Hemd, und als es dann gar nichts mehr hatte, fielen plötzlich Sterne vom Himmel und verwandelten sich in blanke Taler. Diese fing es auf in einem Hemd, welches wie von Zauberhand das kleine Mädchen wieder kleidete.

Bleibende Erinnerung ist auch ein dicker, schwerer Foliant, der in der Diele auf dem Rauchtisch meines Großvaters lag – »Bildersaal deutscher Geschichte« zeigte Schlachtengemälde aus zwei Jahrtausenden, Bilder, welche in ihrer oft grausamen Deutlichkeit für einen Jungen in meinem Alter nicht geeignet waren. Aber ich konnte von diesem Buch nicht lassen. Da zeigt ein Bild einen Scharfrichter im Mittelalter, wie er in einem Gasthof einsam an einem kleinen Tisch an der Wand sitzt. Die Gesellschaft brauchte ihn, aber keiner setzte sich in seine Nähe. Oder die Darstellung eines verfolgten Germanen, der im Schutze des häuslichen Herdes sich vor seine Familie stellt. – Solche Bilder haben mich schwer beschäftigt.

Später dann kamen die Comics und Abenteuerromane. Mit Winnetou habe ich gelitten. Meinem Deutschlehrer bin ich noch heute dankbar, dass wir in der Oberstufe Faust 1 und 2 von Goethe durchgenommen haben. Ein Mann verkauft seine Seele, was für eine Geschichte, welch eine Sprachgewalt. Für mich noch heute das wichtigste Werk der Weltliteratur.

9

Dass die sportliche Betätigung mir immer wichtig war, ist angeklungen. Zunächst war es der Ball aus Leder, dann der kleinere aus Filz und zuletzt der noch kleinere mit einem harten Gummikern. Der Letztere war allerdings kein Sportgerät mehr, eher Kontemplation in freier Natur (siehe später).

Fußball war der Mannschaftssport, der mir emotional am meisten gab. Dass ich den Trainerschein in Ochsenzoll (der Trainingsanlage des HSV) machte, ist vor diesem Hintergrund zu verstehen. Wir waren eine bunt zusammengewürfelte Truppe von Amateuren, vereinzelten Profis unter uns galt keine besondere Aufmerksamkeit, wir waren Gleichgesinnte, die gern dem runden Leder hinterherjagten.

Meine spätere Zeit als Trainer war alles andere als erfolgreich. Ich hatte mir eine Mannschaft in einem Hamburger Problemstadtteil ausgesucht. Ich habe die Jungs offensichtlich nicht erreicht. Sie kamen einfach nicht zum Training – wieder eine Niederlage.

Auch im Musizieren war ich nicht besonders erfolgreich. Es langte mit Mühe zum Schulorchester. Ich spielte Klarinette in einer Zeit, in der wir die Hansestadt Hamburg Barberstadt Hamburg nannten, nach dem Posaunisten Chris Barber. Alles machte Dixieland, also versuchte ich es auch. Die Benny Goodman und Glenn Miller Stories liefen im Kino.

Dixieland vermittelte Lebensfreude und das war es wohl, was wir damals brauchten. Das Jazz-Lexikon von

Hans-Joachim Behrend war meine musikalische Bibel. Ich hielt Vorträge über die Stilrichtungen des Jazz, aber mein eigenes Spiel war dürftig. Ich gab es auf, wie die Trainertätigkeit im Fußball.

Von den Musikern, die es bei mir aus diesen Jahren bis in die heutige Zeit geschafft haben, ist einer besonders zu erwähnen: Johnny Hodges. Ein Altsaxofonist, der mich mit seinem federnden, warmen Ton immer wieder umfängt und fortträgt. Es gibt Leute, die behaupten, Hodges bemühe lediglich 25 Phrasen. Aber wenn er sie auspackt … O Moses!

Von Johnny Hodges gibt es eine schöne Geschichte. Auf Tourneen hatte Hodges immer einen Koffer mit farbigen Glühbirnen dabei. Im Hotelzimmer schraubte er diese in die Fassungen und besprühte sie mit Parfüm, legte sich aufs Bett und machte das Licht an. Das Parfüm verdampfte und der Duft legte sich über das Zimmer. Das gefiel Johnny.

Liebe Leser, wenn Sie einmal in diese Musikrichtung hineinhören möchten – »Back to Back« und »Side by Side« wären zwei Alben.

Anders war es in der Malerei, da war ich gut – na ja, nicht, wenn ich an Onkel Hans denke. Dann war ich nur Maler Klecksel. Der Bruder meines Großvaters war ein begnadeter Künstler, Johannes Holst – ein Marinemaler, dessen Bilder in der ganzen Welt hängen. Sein Chronist Walter König nennt ihn den Maler der See. Das war er – und noch viel mehr. Onkel Hans wohnte in Altenwerder, einem damaligen Fischerdorf an der Elbe. Sein Haus war in den Deich gebaut, sodass er bei Hochwasser mit seinem Segelschiff – der Mia Lisa – direkt in das Haus wie in eine Garage segeln konnte. Die Mia Lisa hat er fast allein gebaut. Joh's Holst – so signierte er – machte fast alles selbst. Völlig unverständlich fand er es, dass ich die Leinwände und Keilrahmen fertig kaufte. Er präparierte die Leinwände je nach der späteren Verwendung, zimmerte die Keilrahmen selbst, und für ihn grenzte es an Frevel, dass er Farben und Pinsel nicht selbst herstellte. Aber es war nicht nur die Malerei, an der sein Herz hing, er liebte die Musik fast ebenso. Viele wissen nicht, dass er auch ein großartiger Geigenbauer war. In dem Schulorchester in Altenwerder wurde so manche Geige gestimmt, die in der Werkstatt von Joh's Holst entstanden war.

Sein Atelier war für mich wie eine Schatzkammer. Er war ein verschmitzter Erzähler und zitierte ständig Wilhelm Busch. Ich habe ihn oft besucht. Wussten Sie, liebe Leser, dass es Sammler gibt, die nur Marinebilder sammeln, in denen das Schiff den Hafen verlässt und somit die Gefahren der See noch vor sich hat? Und andere, die nur an Bildern interessiert sind, in denen das Schiff den Hafen, das rettende Ufer, ansteuert, wo also die Sicherheit der Heimat auf die Besatzung wartet. Über solche Dinge haben wir uns unterhalten. – Wenn man über Joh's Holst berichtet, darf man ein trauriges Schicksal in seinem Leben nicht verschweigen.

Holst hatte zwei Söhne, die er über alles liebte, sie waren sein ganzer Stolz. Beide Söhne starben in jungen Jahren. Danach soll man Holst wochenlang völlig in sich gekehrt bei Strandgängen beobachtet haben. – Aber er kehrte zur Malerei zurück. Nur etwas hatte sich nun verändert. Hatte er bis zu dem Tod der Söhne seine Bilder mit feuriger roter Farbe signiert, so unterzeichnete er von nun ab mit einem tristen hellen Grau.

Altenwerder gibt es heute nicht mehr. Ein Container-Terminal ist an die Stelle des ehemaligen Fischerdorfes getreten. Nur der Friedhof und die Kirche haben überlebt. – Wenn Sie von Süden auf der Autobahn gen Norden fahren, kurz bevor Sie der Elbtunnel verschluckt, ist rechter Hand der Kirchturm von Altenwerder zu sehen. Wie ein Mahnmal reckt er sich zum Himmel, ein Finger Gottes.

Über meine Malerei nach diesen Ausführungen zu sprechen verbietet sich. Deshalb nur noch ein Reisebericht zum Schluss dieses Kapitels. Ich war inzwischen zu der Erkenntnis gelangt, in einem bürgerlichen Beruf doch besser aufgehoben zu sein als in einem künstlerischen. Ich hatte mit dem Medizinstudium begonnen. Die Reise nach Paris sollte mein Abschied von der Malerei werden.

Also packte ich die zusammenklappbare Staffelei, die Onkel Hans mir geschenkt hatte, und meine Malutensilien und trampte von Hamburg nach Paris. Das Reisen per Anhalter war in den Fünfziger- und Sechzigerjahren für uns junge Leute nicht unüblich. Ich praktizierte es bis ca. 1965, mit Mitte 20 war ich dann aus dem Alter der Tramper herausgewachsen. Per Anhalter zu reisen empfanden wir nicht als Bettelei, es war auch kein Zeichen von Armut. Es entsprach schlichtweg einer Lebens- und Reisephilosophie in dieser Nachkriegszeit.

Paris war voller Straßenmaler. Ich hatte den Eindruck, alle wollten malen wie Utrillo. Besonders um Sacré-Cœur saßen sie dicht gedrängt. Wenn ich nicht hinter der Staffelei saß, war ich in den Kunstmuseen dieser Stadt. Die Vielfalt war unvorstellbar. Ich hatte mich in einer einfachen Pension einquartiert und finanzierte den Aufenthalt durch den Verkauf von Bildern. Dies war gar nicht so schwierig, denn Paris war auch zu der damaligen Zeit ein Magnet für Touristen.

Irgendwann ging die Zeit zu Ende, das neue Semester stand vor der Tür. Das letzte Bild auf dieser Reise habe ich nicht verkauft, obwohl ein amerikanisches Ehepaar mich zweimal aufsuchte, um es zu erwerben. Ich hatte mich unter die Bouquinistes am Seine-Ufer gemischt. Hinter mir die Seine und Notre-Dame und vor mir Quartier Latin. Ein kleiner Platz, von verwitterten Häusern eingerahmt, war das Motiv. Ein Bild, welches ich nicht malte, sondern spachtelte, um das unruhige Mauerwerk besser wiederzugeben. Es wurde mein wirklich letztes Bild. Staffelei, Farben und Pinsel habe ich später verschenkt.

Zurück ging es wie hin: mit dem Daumen im Wind.

10

Nach Beendigung der Schulzeit begann für viele von uns die Wehrdienstzeit. Als Sohn eines im Krieg gefallenen Vaters hat man mich von dem Dienst an der Waffe befreit, eine politische Verfügung.

Die Entscheidung, Medizin zu studieren, hatte keinen Vorlauf. Sie kam plötzlich und ohne Vorankündigung. Der Entschluss stand also fest, die Umsetzung gestaltete sich aber schwierig. Den Bewerbungen an etwa einem Dutzend Universitäten folgten jeweils Absagen. Eine zentrale Vergabestelle von Uniplätzen für gewünschte Fakultäten gab es damals nicht. Was also tun? Beim Durchsehen der Absagen fiel mir eine Absage besonders auf. Sie war von der westfälischen Wilhelms-Universität in Münster. Diese Absage war derart freundlich formuliert, fast eine Zusage. Ich nahm dies als verborgenen Wink des Schicksals und fuhr nach Münster. Die Stadt gefiel mir auf Anhieb. Überschaubar, mit einem wunderschön restaurierten Zentrum und einem altehrwürdigen Dom in dessen Mitte.

Die Einschreibeformalitäten in den Universitätsbetrieb erfolgten im Schloss, einem historischen Gebäudekomplex mit einem Schlossplatz davor. Als ich an der Reihe war, legte ich meine Absage auf den Tisch. Allgemeines Erstaunen war die Folge. Wieso ich eine Absage als Aufnahmeantrag für das restlos ausgebuchte Medizinstudium ansähe? Na ja, ich druckste ein wenig herum und erklärte der Dame dann, warum ich von Hamburg angereist sei. Sie schüttelte nur den Kopf, aber ich spürte, dass sich in ihr etwas rührte. Sie sah mich etwas länger als üblich an und nun lächelte sie leicht. »Kommen Sie morgen wieder. Ich muss das mit der Kommission besprechen.«

Ich hatte verdammtes Glück. Ich wurde zwar nicht in die medizinische Fakultät aufgenommen, sondern in die naturwissenschaftliche, jedoch mit der Zusage des späteren Wechsels in den medizinischen Studiengang. Und so funktionierte es dann auch. Von den ersten zwei Semestern in Physik und Chemie wurde mir die Hälfte bei dem Eintritt in die Medizin gutgeschrieben. Dies war auch praktikabel, weil die Vorklinik in der Medizin überwiegend aus naturwissenschaftlichen Fächern bestand. Alles ging seinen Gang.

Der geschilderte erste Eindruck der Stadt Münster bestätigte sich in den nächsten Jahren. Das Stadtbild zeigte einem überall, mit wie viel Verstand und Liebe die Folgen des Krieges beseitigt worden waren. Der Prinzipalmarkt mit seinen Bogengängen lockte viele Besucher aus dem Umland. Und man fühlte sich als Student auch alles andere als verloren. Münster war schon damals eine Studentenstadt, die Studenten prägten das Stadtbild. Dies mussten sie allerdings teilen mit den Gotteshäusern der Stadt. Münster ist eine Stadt des Katholizismus – im guten Sinne, wie ich herausfand. Der Dom im Herzen der Stadt wurde eingerahmt von Kirchen – Überwasserkirche, Lambertikirche, Servatikirche, Aegidiikirche –, womit ich womöglich die Hälfte ausgelassen habe.

Wenn die Wiege wie bei mir in Hamburg stand, dann musste man zu damaliger Zeit damit rechnen, in eine evangelisch-protestantische Familie geboren zu werden.

So war es auch bei mir. Mit dem Katholizismus kam ich in meiner Schulzeit nicht in Berührung. Diese Konfession war mir fremd, und nun erlebte ich Münster mit einer Bevölkerung, die zu ihrem katholischen Glauben stand.

In Münster-Stadt war keine Unterkunft zu bekommen. Also versuchte ich mein Glück auf Bauernhöfen der Umgebung. In Altenroxel, das liegt drei Kilometer westlich der Stadtgrenze, stand mir dann eines Morgens eine Bäuerin gegenüber. Ich sagte meinen Spruch auf und wartete auf die mir schon bekannte Frage: »Sind Sie katholisch?« Ich verneinte. Die Frau sah mich prüfend an und entschied: »Macht ja auch nichts«, und damit hatte ich ein Zimmer und eine Familie. Es wurde ein wunderbares Jahr. Diese Familie hatte drei Kinder – nun waren es vier.

Ein gewisses Problem war der Sonntagmorgen. Die Familie ging zum Frühgottesdienst und der Student blieb im Bett. Die Kinder der Bauernfamilie beneideten mich, für die Eltern war ich kein Vorbild. Die Frage nach meiner Konfession vor dem Einzug bekam somit im Nachhinein eine Bedeutung.

Das jüngste der Kinder war der fünfjährige Fritz. Fritzchen hatte zwar mit mir und mich leichte Schwierigkeiten, aber er erkannte als Erster, wenn die Sau tragend war. Was wohl aus ihm geworden ist?

Nach zwei Semestern zog ich in die Stadt. Wir wohnten zu viert in der Frauenstraße, zwei Juristen und zwei Mediziner. Es war weiterhin eine aufregende Zeit. Kaffee tranken wir bei Schucan unter dem Bogen, unser Bier in der Cavete oder bei Pincus Müller.

Ganz in der Nähe war ein katholisches Wohnheim mit

einem guten Mittagstisch, der für uns alle zugänglich war. Diesen habe ich oft genutzt.

Der Speisesaal bestand aus Vierer- und Sechsertischen. Man setzte sich an einen Tisch, an dem noch Plätze frei waren. Waren alle Plätze belegt, kam eine Nonne und brachte die Speisen. Wenn wir alle unser Gericht vor uns hatten, fingen wir nicht sofort an zu essen. Wir verweilten eine gewisse Zeit, um jedem am Tisch die Möglichkeit für ein stilles Gebet zu geben. Erst dann wünschten wir uns guten Appetit. An dieses Ritual muss ich heute noch oft denken. Die Achtung vor dem Schöpfer wurde mit dieser kleinen Geste ausgedrückt. Dies war auch eine Zeit, in der in mir die Erkenntnis wuchs, dass die Liberalität, mit der sich der Protestantismus schmückt, oft eher Gleichgültigkeit ist.

In dieser Stadt, auf der Promenade zwischen Schlossplatz und Aasee, fasste ich Mut und sprach eine junge Studentin der Geschichte an. Sie sollte später meine Frau und Mutter unseres Sohnes werden.

11

In den ersten Jahren meines Studiums in den vorklinischen Semestern habe ich im pflegerischen Bereich gearbeitet. Eine Station in diesem Ausbildungszeitraum war das Kantonspital in Schaffhausen. Diese Stadt liegt unmittelbar jenseits der Grenze auf Schweizer Gebiet und ist nicht nur für die Eidgenossen ein Anziehungspunkt. Die Wasserfälle von Rheinhausen locken Besucher an.

Diese Zeit stand unter keinem guten Stern. Ressentiments wegen meiner deutschen Herkunft waren für mich eine neue Erfahrung. Immer wieder setzte es Sticheleien, die mich verletzen sollten. Da ich mit den dort beschäftigten Pflegern zusammenarbeitete und wir auch einen gemeinsamen Mittagstisch hatten, konnte ich ihnen nicht ausweichen. Mit den Ärzten gab es keinerlei Probleme und auch mit der Bevölkerung erschien mir die Situation nicht feindselig. Aber das sollte sich ändern.

Ein freies Wochenende wollte ich nutzten, um den Vater meiner Schwestern zu besuchen. Er lebte mit seiner neuen Ehefrau in Stuttgart. Für einen erfahrenen Tramper keine große Entfernung. Und da passierte es: An einer Ausfahrtstraße gen Norden am Ortsausgang von Schaffhausen hielt ein Pkw, um mich mitzunehmen. Ein Pkw der Mittelklasse mit Ehepaar und Kind. Ein Platz war noch frei. Ich bedankte mich, stieg ein und nannte mein Reiseziel. Ich war etwas verwundert über die verhaltene Antwort des Fahrers. Er fragte mich etwas einsilbig, wo ich herkäme und wer ich sei. Ich stellte mich als deutscher Medizinstudent vor, der im Kantonspital ein Praktikum mache. Daraufhin fuhr er an den Straßenrand, bat mich auszusteigen und erklärte mir: »Wir nehmen keine Deutschen mit.« – Da stand ich nun wieder am Straßenrand.

Ich war weder wütend noch verärgert. Ich war auch nicht bereit, mich schuldig zu fühlen. Mit dem 20 Jahre zurückliegenden Krieg konnte ich nun wirklich nicht in Verbindung gebracht werden. Sollte die Welt doch denken, was sie wollte, ich würde schon irgendwie nach Stuttgart kommen, und so war es auch.

Aber wie es manchmal so ist, wenn ein Tag schlecht anfängt, muss es nicht besser werden.

Der Vater meiner Schwestern hatte im Krieg ein Bein verloren. Seine Prothese war aus Holz und aus Leder. Noch heute höre ich das Knarzen der Scharniere. Immer wenn ich den Stumpf sah, war mir mein Stiefvater besonders nah. Er versuchte jedoch, den Anblick vor uns zu verbergen. Als Kind verstand ich das nicht. – Und nun wollte ich ihn mit meinem Besuch überraschen. Ich fuhr vom Stuttgarter Hauptbahnhof mit dem Zug in den Vorort, in dem er wohnte. Von einer Telefonzelle aus rief ich zu Hause an. Seine Frau nahm ab. Das Gespräch war kurz, das Fazit: Ich war unerwünscht. Eine Verbindung zu meinem Stiefvater stellte sie nicht her. Jetzt musste es wohl mit meinem Gleichmut zu Ende gewesen sein, denn sonst hätte mich wohl nicht ein Gleiswärter angesprochen, der mich auf der Holzbank sitzen sah. Was mit mir sei, ob er mir helfen könne. Ich erzählte ihm von dem Telefonat, und dass ich nur ein wenig meine Gedanken ordnen müsse. Er setzte sich zu mir und lud mich zum Übernachten bei seiner Familie ein. Als wir aufstanden und uns verabschiedeten, umarmte ich ihn. Eine Unterkunft habe ich mir dann im Stuttgarter Bahnhofsviertel gesucht.

12

Während meiner klinischen Ausbildung habe ich in vielen Krankenhäusern gearbeitet. Innere Medizin, Kinder, Chirurgie, Psychiatrie waren z. B. Stationen, die ich gut erinnere. Von zwei Krankenhäusern möchte ich nun berichten. In dem Erstbeschriebenen wurde ich fit gemacht in der »kleinen Chirurgie«, in dem folgendem erfuhr ich, dass nicht nur Organe erkranken können, sondern auch die Seele.

Das Hafenkrankenhaus war ursprünglich gegründet worden, um die verletzten Hafenarbeiter zu versorgen. Das lag aber viele Jahre zurück. Inzwischen war die Klientel überwiegend anderer Natur. Im Norden des Krankenhauses lagen das Heiligengeistfeld und die Wallanlagen. Vom Heiligengeistfeld bekamen wir die Verletzten des Jahrmarktes (in Hamburg Dom genannt, in Hamburg ist immer Dom), also Schausteller und Besucher. Aus dem Riesenrad darf man natürlich nicht fallen, wenn die Gondel oben ist. In den Wallanlagen war im Winter die Kunsteisbahn, die Handgelenksfrakturen kamen zu uns. Im Süden der Klinik war die Elbe mit den Hafenanlagen und im Osten lag St. Pauli, das Vergnügungsviertel von Hamburg. Auf der Reeperbahn und den Nebenstraßen galt ein besonderer Umgang. Wir versorgten Kopfplatzwunden, Messerstich- und Schussverletzungen, besonders in den Stunden der Nacht. Auf St. Pauli diskutierte man eben nicht lange, man kam gleich zur Sache.

In den Morgenstunden wurde es ruhiger. Meist kam dann einer von der Mannschaft mit einer Flasche Sekt und wir ruhten ein wenig aus mit dem Pappbecher in der Hand. Die zu behandelnden Verletzten waren spendabel, sie kamen oft mit einer heftig blutenden Wunde, aber mit einer Flasche Schampus unter dem Arm (für uns). Eines Nachts nähte ich die Halswunde einer Dame des Rotlichtmilieus, als ihr »Beschützer« um die Ecke kam. Er sah mir interessiert vom Flur aus bei der Arbeit zu. Hinterher fragte er mich, wie ich denn entlohnt würde. Als ich es ihm sagte, sah er mich nur mitleidig an, griff in seine Hose und steckte mir einen nicht zu kleinen Schein in die Tasche. – So war das im Hafenkrankenhaus.

Ganz anderer Art war das Leben im Landeskrankenhaus Schleswig, in dem nicht der Körper, sondern eher die Seele verarztet wird. Ein großes Areal mit vielen Abteilungen in Einzelgebäuden. Hier war die Psychiatrie zu Hause. Psychotiker, Neurotiker, Manisch-depressive, Suchtabhängige und Schizophrene umgaben mich nun. Es waren so manche Persönlichkeiten der Geschichte anwesend. Die Patienten mit gespaltener Persönlichkeit nahmen nicht selten die Identität von Personen an, die ihnen aus Erzählungen bekannt waren. So betreuten wir zum Beispiel Friedrich den Großen und Christoph Kolumbus. Einmal wöchentlich wusch Napoleon meinen VW-Käfer.

Liebe Leser, wenn ich diese beiden Kliniken eher komödiantisch beschreibe, so tue ich dies in ganz besonderer Absicht. Solche Perspektiven schaffen sich Ärzte oft als Schutzschild, um die schweren Schicksale der Kranken leichter verarbeiten zu können. Besonders die geistig Kranken in Schleswig habe ich in mein Herz geschlossen und die seit vielen Jahren dort arbeitenden Kollegen immer bewundert. Ich hatte die Psychiatrie als spätere Fachrichtung für mich lange im Auge. Aber die hohe Rückfallquote und die damit verbundene geringe Aussicht auf langfristigen Erfolg bei meinen Patienten haben mich davon abgehalten, Psychiater zu werden. – Ich fürchtete zu scheitern, gleichgültig oder zynisch zu werden.

13

Auf die Studienjahre in Münster folgte Hamburg. Hier habe ich 1972 das Staatsexamen gemacht. In der Studienzeit ging es bergauf und bergab. Einfach war es nicht. Testate, Zwischenprüfungen und Arbeiten mussten wiederholt werden. Letztlich war es wie auf dem Weg zum Abitur: Nur die Hälfte von uns kam ans Ziel.

Manche Erfahrungen in dieser Zeit waren bitter. Wir mussten Abschied nehmen von so manchen Idealen. Berufliche Träume zerplatzten auch bei charakterstarken und engagierten Kommilitonen.

Ein Erlebnis möchte ich noch schildern: Es war im letzten Studienjahr, wir waren mit den Vorbereitungen auf das Examen beschäftigt und diejenigen, welche die Promotion anstrebten, mit den letzten Anstrengungen, die Doktorarbeit zum Abschluss zu bringen.

So war es bei mir und einem Kollegen, der sich eines Mittags zu mir an den Mensatisch setzte. Irgendetwas bedrückte ihn. Beim abschließenden Kaffee vertraute er sich mir an. Seine Doktorarbeit war eine überwiegend experimentelle Arbeit. Es galt, die Wirksamkeit einer chemischen Substanz in dem Baustein eines Medikaments zu belegen. Das Ergebnis seiner Analysen entsprach nun allerdings nicht den Erwartungen seines Doktorvaters und des pharmazeutischen Unternehmens, welches die Arbeit finanziell begleitete. – Dass Wirtschaftsunternehmen mit Universitäten kooperierten, war nicht ungewöhnlich und ist im Prinzip ja auch nicht zu beanstanden. Nur das Ergebnis sollte akzeptiert werden. Das war hier anders. Es hatte offensichtlich zwischen Doktorvater und Sponsor Gespräche gegeben, die eine weitere Kooperation bei positivem Urteil in Aussicht stellten. Um es auf den Punkt zu bringen: Dem Kollegen wurde in »akademischer Diktion« nahe gelegt, die Ergebnisse noch einmal zu überdenken. Die zweieinhalb Jahre Arbeit an der Promotion seien ansonsten mit dem Erhalt eines Doktortitels möglicherweise nicht vereinbar.

Ich war zu dieser Zeit kein Kind mehr, welches an die heile Welt glaubte – aber ich muss gestehen, dass diese Stunde in der Mensa des Universitätskrankenhauses eine Wunde hinterlassen hat, die sich in meinem späteren Berufsleben nie vollständig vernarbt hat. Manche Therapieformen, Impfungen und Medikationen habe ich an meine Patienten nicht weitergeleitet oder zumindest erst nach Jahren, wenn gesicherte Langzeiterkenntnisse diese unterstützten. Wie der Kollege sich entschieden hat? Ich weiß es nicht, wir haben uns hin und wieder noch getroffen, aber das Thema nicht angesprochen. Ich habe ihm damals auch keine Ratschläge erteilt, überwiegend nur zugehört. – Jeder muss seinen Weg gehen.

14

Unser Leben bietet uns, wenn es gut läuft, in großen Abständen die Möglichkeit, Weichen zu stellen. Bei mir war es nach Beendigung der Schulzeit und nach Beendigung des Studiums. Zunächst hatte ich mich für das Medizinstudium entschieden und nun stellte sich die Frage, welche Fachrichtung ich einschlagen sollte.

Die Anforderungen, die ich stellte: Es sollte ein überschaubares Fach sein, welches mich nicht gleich zu weiterer Spezialisierung zwang, auch erfreuliche Aspekte bieten und ein operatives Fach sein. So kam ich zur Frauenheilkunde mit Geburtshilfe – darüber später.

Zunächst aber wollte ich ein Fundament schaffen. Das Wissen über den menschlichen Körper konnte mir am ehesten die Pathologie vermitteln. Dass dieses Fach mir sehr viel mehr vermitteln und entscheidende Jahre in meinem Berufsleben werden würde, ahnte ich noch nicht. Die Pathologie ist von ihrer Bedeutung her eine Königsdisziplin, wird aber von Planern eines Krankenhausgeländes behandelt wie ein Bettler. Am liebsten würden sie die Gebäude abschaffen oder unter die Erde verlegen. Pathologische Institute liegen immer am äußeren Rand. Sie sind aus verständlichem Grund kein Bau, mit dem man am Eingang Aufmerksamkeit erregen möchte.

In der Pathologie geht es überwiegend um die Toten. Den Mittelpunkt stellt der Sektionssaal dar. Ein Saal, in dem Tische aus kaltem Stein aneinandergereiht sind. Hier werden die Leblosen seziert, um Ausmaß und Herkunft des Leidens zu erfahren.

Liebe Leser, dies ist ein dunkles Kapitel. Aber wie es so oft beschrieben wird: Es sind meist die dunklen Jahre, die uns zu dem machen, was uns später ausmacht. Es sollten zwei Jahre im pathologischen Institut des Allgemeinen Krankenhauses St. Georg werden. Jeden Montag bis Freitag mindestens eine Sektion. Jeden Tag das Geräusch der Kreissäge, welche die Schädelkalotte spaltete. Jeden Tag der Blick auf nackte, leblose Körper. Jeden Tag die Eröffnung des Leibes mit Entfernung der Bauchorgane. Jeden Tag das Aufbrechen des Brustkorbs mit Entnahme der Lungenflügel und des Herzens. Es war keine leichte Zeit, aber es war notwendig.

Die Demut – hier habe ich sie gelernt. Oft habe ich mit dem Toten Zwiesprache gehalten, bevor ich den ersten Schnitt ansetzte. Und hin und wieder, wenn ich mich unbeobachtet fühlte, die Hände gefaltet.

Der Sektionssaal nahm den überwiegenden Teil des Nord-West-Flügels vom Institut ein. Auf der anderen Seite – durch einen Gang getrennt – lagen die Präparier- und Mikroskopierräume. In diesen Räumen wurden Organ- und Gewebsproben untersucht. Die Entscheidung gut- oder bösartig fiel hier.

Wir waren aber nicht mit den Toten allein. Jeden Mittag kamen die Kollegen aus den anderen Abteilungen zur »Demonstration«, so wurde es genannt. Die Kliniker stellten den von ihnen behandelten Patienten vor und begründeten ihre Diagnose. Wir beschrieben dann die Organbefunde und teilten den Kollegen den endgültigen Sachverhalt mit. Es wurde nicht kritisiert, aber bei deutlicher Diskrepanz zwischen klinischer Diagnose und pathologischem Befund war die Anklage zu greifen. Dies musste als Ansporn verstanden werden in seinem Bemühen, nicht nachzulassen. – Hochmut, Eitelkeit und Überheblichkeit wird mit der Pathologie der Boden entzogen. So hoffte ich wenigstens.

15

Ich musste nur ein paar Straßenzüge weiter. Ich wechselte vom pathologischen Institut in die Frauenklinik Finkenau. Von einem Ort der Ruhe – und zwischenzeitig der Einkehr – nun in den klinischen Bereich voller Leben. Was der Sektionssaal in der Pathologie ist, ist der Kreißsaal für eine Frauenklinik. Dort das Ende des Seins, hier der Beginn des Lebens.

Die Frauenklinik Finkenau war ein beeindruckender Backsteinbau. Hohe Wände, breite Flure und ein weitläufiger Operationssaal mit großzügiger Fensterfront, die mit ihren Rundbögen an den Jugendstil erinnerte. Beim Operieren konnten wir den Himmel sehen. Der Ruf dieser Klinik war exzellent und galt weit über die Hansestadt hinaus.

Wir waren eine Mannschaft von ca. 20 Kollegen, überwiegend Männer. Die beiden Chefärzte hatten zwar formell das Sagen, aber sie ließen uns – die Oberärzte und Assistenzärzte – die Klinikarbeit in eigener Regie durchführen. Es herrschte eine strenge Hierarchie, der wir uns klaglos unterwarfen, weil es langsam, aber stetig und fair voranging. Ich habe mein gesamtes weiteres Berufsleben von dieser Ausbildung profitiert. Ich hatte Freude an der Arbeit im Kreißsaal, im OP und auf der Station. Der Entschluss zu diesem Fachbereich erwies sich als richtig.

In die Zeit meiner Facharztausbildung in der Finkenau fiel die Neufassung des Schwangerschaftsabbruchs. Die Liberalisierung des §218 hatte damals den Klinikalltag stark verändert. In unserer Klinik kamen nunmehr in einem Jahr auf 1500 Geburten 750 Schwangerschaftsabbrüche: Das bedeutete eine Zunahme um ein Vielfaches. Vor dem Hintergrund dieser hohen Zahl und der eigenen Einbindung in diesen Eingriff entschloss ich mich damals, der Frage nach den Folgen des Eingriffs nachzugehen. Wie viele Frauen blieben einverstanden mit der zuvor getroffenen Entscheidung zum Abbruch der Schwangerschaft? Ich fand heraus, dass drei von vier Frauen zufrieden und erleichtert blieben. Aber 25 Prozent hatten seelische Veränderungen, die als Negativfolgen anzusehen waren. Ein Indiz dafür, dass der Schwangerschaftsabbruch letztlich ein widernatürlicher Eingriff ist, den es zu verarbeiten gilt.

Briefe, die ich ein paar Wochen nach dem Abbruch erhielt, drückten die ganze Bandbreite der Problematik aus. Zwei Stellungnahmen seien hier stellvertretend zitiert.

»Der Eingriff ist körperlich gut überstanden worden, jedoch ist die seelische Stimmungslage nach wie vor gedrückt. Ich habe die Achtung vor mir selbst verloren, dabei spielen die Gründe, die für den Eingriff sprechen und die ich auch heute noch gelten lassen würde, keine Rolle. Sie sind rational begründet und lassen die Gefühle außer Acht. Da die ganze Prozedur – von der Schwangerschaftsfeststellung bis zur Durchführung des Eingriffs – zügig abgewickelt wird und werden muss, hat man als Frau nur sehr begrenzt die Möglichkeit, sich Klarheit über die eigenen Gefühle zu verschaffen. Man ist wie ein gehetztes Tier, und kommt man zur Ruhe, dann steht man vor dem Nichts. – Ein zweites Mal könnte ich dies seelisch nicht verkraften.« (36-jährige berufstätige Frau, Mutter dreier Kinder)

»Als ich aus der Narkose aufwachte, fühlte ich mich glücklich und erleichtert. Auch körperlich ging es mir schon lange Zeit nicht mehr so gut wie nach dem Eingriff. – Auch jetzt, nachdem alles etwas zurückliegt, möchte ich Ihnen von ganzem Herzen danken. Sie haben sehr dazu beigetragen, dass wir eine glückliche Familie geblieben sind.« (33-jährige verheiratete, berufstätige Frau, Mutter eines Kindes)

Mein Einstieg in die Frauenklinik war untypisch und so nicht beabsichtigt. Normalerweise diente das erste Jahr in der Finkenau dazu, auf einer gewöhnlichen Station Grundkenntnisse zu erwerben. Durch eine plötzliche Erkrankung eines älteren Kollegen wurde mir der Not gehorchend eine Station zugewiesen, die ich sonst erst sehr viel später anvertraut bekommen hätte. Es war eine reine Tumorstation. Auch wenn nicht wenige Patientinnen eine gute Heilungsaussicht hatten, so waren die Erkrankungen doch überwiegend ernster Natur. Die Beziehung zu diesen Patienten war tiefer als auf den operativen oder geburtshilflichen Stationen. Dies hing auch damit zusammen, dass der Aufenthalt länger war.

Ein engeres Mitgefühl und Anteilnahme stellte sich zu einer jungen Frau ein, bei der ärztliche Hilfe das Fortschreiten der Erkrankung nicht aufhalten konnte. Es war nur noch eine Frage der Zeit, wann und wie friedlich sie einschlafen würde. In den letzten Wochen verweigerte die junge Frau Gespräche über ihr Befinden. In den Visiten verwies sie mich immer öfter auf einen Baum, der für sie in das Krankenzimmer hineinschaute. Es war ein stolzer Baum mit einer mächtigen Krone und Blättern, die sich langsam verfärbten. Diese Kastanie wurde ihr letzter Gefährte.

Ich war ein noch relativ junger und klinisch unerfahrener Arzt im Umgang mit einem solchen Schicksal. Ich schaute meinen Dienstplan durch auf der Suche nach einem »drei Tage Dienst«. Es gab hin und wieder Dienste, die von Freitagmorgen bis Montagmorgen dauerten. In einem solchen Dienst könnte ich dieser Patientin eventuell helfen, von ihren Schmerzen erlöst zu werden. In einer – fast täglich stattfindenden – Zusammenkunft von uns Ärzten sprach ich den mir zugeordneten Chefarzt auf das Schicksal dieser Patientin an. Trotz meiner kurzen Zugehörigkeit zu der Klinik bestand zwischen diesem Mann und mir eine gewisse Vertrautheit. Umso erstaunter war ich über sein Verhalten. Er sah durch mich durch, ich existierte auf einmal nicht mehr. Er gab mir keinerlei Antwort und schnitt ein gänzlich neues Thema an.

Zunächst war ich irritiert und verwirrt – aber bald schon verstand ich seinen lautlosen Hinweis: Es gibt im Arztberuf Situationen, in denen du deine Verantwortlichkeit mit keinem teilen kannst.

Der Kreißsaal stellte die Seele immer wieder auf die Beine. Die Geburt ist auch für einen erfahrenen Gynäkologen immer wieder ein Wunder der Schöpfung. Einen schwierigen Geburtsverlauf erfolgreich zu begleiten und dann endlich ein völlig erschöpftes, triefnasses, immer noch leicht bläuliches, krähendes Neugeborenes in den Händen zu halten ist einfach himmlisch.

16

Nach Abschluss der Facharztausbildung im Frühjahr 1980 galt es, zu entscheiden: weitere Kliniktätigkeit oder Arzt in freier Praxis. Zwei Jahre habe ich mich in Kliniken und Praxen geprüft. Ich entschloss mich zur Gründung einer Praxis.

Eine Kleinstadt in Mittelholstein sollte meine neue berufliche Zukunft werden. Zwei Kollegen waren hier gescheitert und seit dieser Zeit war der Ort ein »weißer Flecken«, kein Kollege fand sich mehr hier, der in meiner Fachrichtung arbeitete – genau das Richtige für mich.

Nach vielen Jahren Großstadt und angesehenen Kliniken nun die andere Seite der ärztlichen Tätigkeit. Nicht mehr im Operationssaal, Kreißsaal und am Krankenbett, sondern mehr begleitender Ratgeber, Ansprechpartner und Therapeut. So hatte ich mir das vorgestellt und so ist es auch eingetreten.

Von der Großstadt in die Provinz erscheint für viele von uns wie ein unüberwindbares Hindernis. Wenn aber eine Metropole in gut erreichbarer Nähe ist, kann man das Leben auf dem Lande als »Großstadt Plus« sehen. Spaziergänge an Bachläufen, Weizen- und Rapsfelder, Rinder und Pferde auf den Weiden – ich habe es genossen und tue es auch heute noch. Die Lebensqualität in einer Kleinstadt und auf dem Lande ist eine ganz andere. Dem Verzicht an kultureller Vielfalt und der Rasanz an optischem Wechsel der Geschehnisse um einen herum steht die Nähe zur Natur und eine gewisse Beschaulichkeit gegenüber. Körper, Geist und Seele funktionieren gelassener, entspannter.

30 Jahre – eine Generation lang – praktiziere ich seitdem an diesem Ort. Um es in der Sprache der Westernhefte meiner Jugend auszudrücken: Ich habe versucht eine saubere Fährte zu reiten. Ich hoffe mehr richtig als falsch gemacht zu haben. In Erinnerung bleiben Treue und Verbundenheit von Patienten.

Es sollten nur drei Jahrzehnte werden, aber die Veränderungen in diesem eher kurzen Zeitraum waren doch erheblich. Das Internet zog ein. Immer häufiger musste ich feststellen, dass die ärztliche Diagnose auf Internetseiten hinterfragt wurde. Ich hatte einen neuen »Konkurrenten« bekommen. Erstaunlich ist es schon, dass manchmal (virtuelle) anonyme Einträge mehr Gewicht bekommen als die Gespräche unter vier Augen zwischen Patient und Arzt. Nun gut, die nächsten Jahrzehnte werden uns hoffentlich lehren, was das www uns gibt – und was es uns nimmt.

Wie sehr wir fremdbestimmt werden, zeigte sich in diesen Jahren auch in der rapide zunehmenden Identitätsproblematik. Immer mehr Patienten waren mit ihrer körperlichen und seelischen Ausstattung nicht einverstanden. Schon junge Mädchen wünschten chirurgische Korrekturen, die ich nur schwer nachvollziehen konnte. Das vorgegebene Schönheitsideal sollte erfüllt werden. Auch seelische Schwankungen wurden immer weniger akzeptiert. Das Recht auf Gesundheit, Unversehrtheit, Schönheit und beschwerdefreies Leben wurde eingefordert. Und nicht zu vergessen die Verheißung, das Altern hinauszuzögern. Ein griffiger Terminus wurde auch gefunden: Anti-Aging.

Mich hat diese Entwicklung eher nachdenklich gemacht. Auch jenseits meiner beruflichen Aufgaben wurde das Besinnliche, das Zeitlose immer bedeutender. Meine Liebe zur Musik verschob sich mehr in den klassischen Bereich. Sinfonien, Klavierkonzerte, Divertimenti, Violinkonzerte – überwiegend von Mozart und Beethoven – gaben mir Kraft. In meinem Sprechzimmer steht eine Büste von Beethoven. Ich mag dieses brummige Gesicht. Lächler haben wir auf der Welt genug.

Im Rückblick sind es nicht so sehr die Erfolge der Arbeit, eher die Niederlagen, wenn schwere Schicksale nicht abgewendet werden konnten, wenn ich mir die Frage stellen musste, ob ich die Erkrankung nicht rechtzeitig erkannt hatte. Das Abschiednehmen von Patienten ist wohl die größte Prüfung. Ich erinnere einen Tag, an dem ich, unterstützt von einer Pflegekraft, einer Patientin in den letzten Stunden ihres Lebens beizustehen versuchte. Zwischen dem Ansetzten der Spritzen, welche beruhigend und schmerzstillend wirkten, ging ich durch die Räume des Hauses. Überall Erinnerungen an das zurückliegende Leben dieser Frau. Sorgsam aufgehängte Fotos aus der Kinderzeit. Bilder der Familie mit Ehemann, Kindern und Enkeln. Was würde mit diesen Bildern geschehen? Würden sie ohne Mitgefühl abgehängt und beseitigt werden? Ich zweifelte manchmal an der Textzeile eines bekannten Liedes, »Niemals geht man so ganz«.

17

In den Notizen meiner Zeit als niedergelassener Arzt darf eine Freizeitaktivität nicht fehlen. Diese verschaffte mir immer wieder Stunden des Abschaltens und der Erholung. Das Golfspiel muss mit vielen Klischees leben – überwiegend ungerechtfertigten. Ich habe Golf nie als Sport empfunden wie Fußball oder Tennis. Bei diesen Sportarten ist man zum Ende hin erschöpft und freut sich auf das erfrischende Duschbad.

Golf hat andere Vorzüge. Gerade für uns Ältere, bei denen Sieg und Niederlage neu definiert werden sollten, ist es eine wunderbare Betätigung in freier Natur. Ein großer Vorteil: Man kann es auch allein spielen. Während ich beim Fußball auf eine Mannschaft angewiesen war und beim Tennis auf einen etwa gleichwertigen Partner, so kann ich beim Golf meine Tasche packen und allein losziehen. Der Wettbewerb fällt trotzdem nicht aus, nur spielt man nicht gegen den Mitspieler, sondern gegen den Platz. Besiegen kann ein Amateur ihn nicht, aber die Niederlage in Grenzen halten. Eine nachdenkenswerte Philosophie.

Ein Urlaub in Andalusien ergab den Kontakt zu einem Klub in Sevilla. Die menschliche Aufnahme war derart herzlich, dass ich beschloss, dort Mitglied zu werden. Ich wurde der einzige Ausländer im Klub – el Aleman.

Ich habe viele Jahre in dieser Region meine Urlaubszeit verbracht. Ich wohnte außerhalb von Sevilla auf einer einsam gelegenen Hacienda, nur umgeben von Weizen- und Kornblumenfeldern. Wenn die Luft klar war, konnte man in der Ferne die Festung von Carmona erahnen. Die Hacienda gehört einer Familie aus Sevilla, die in Erinnerung an ihre Vorfahren die Hacienda San José erhält. Ich war meist der einzige Gast.

Wenn ich nicht auf den Plätzen von Sevilla spielte, fuhr ich hin und wieder nach Cordoba. Vor den Toren der Stadt erstreckt sich ein Bergmassiv, in das ein Golfplatz gebettet war – der einzige Naturplatz Spaniens. Atemberaubende Spielbahnen über Anhöhen, Tälern und Schluchten verlangen alles ab. Hier schweifen die Gedanken ab, hier macht die Natur uns klar, wie unbedeutend wir sind. Auf manchen Anhöhen, allein mit sich und mit dem Blick in die Weite, habe ich oft an Menschen gedacht, die ich nicht mehr in den Arm nehmen kann.

Bei einem Urlaub – es war im Spätsommer 2003 – musste ich auch an einen Politiker denken, der sich kurz zuvor das Leben genommen hatte. Er hatte nicht bedacht, dass auch in Ländern, die sich demokratisch nennen, die »freie Rede« eingeschränkt wird. In unserem Land besonders, wenn es um Themen geht, welche die leidvolle jüngere Geschichte betreffen. Er hatte sich »politisch unkorrekt« (so nennt man es in der heutige Zeit) verhalten. Man urteilte ihn ab. Die Partei ließ ihn fallen. Er wusste keinen Ausweg mehr. Seinen Fallschirm ließ er geschlossen.

An diesem Tag – dort oben in der Bergwelt von Cordoba – habe ich an ein deutsches Volkslied gedacht, dessen Botschaft und Warnung mich schon als Kind beeindruckt hat – (nur) die Gedanken seien frei.

Die Gedanken sind frei, wer kann sie erraten?
Sie fliegen vorbei, wie nächtliche Schatten.
Kein Mensch kann sie wissen, kein Jäger erschießen
Mit Pulver und Blei, die Gedanken sind frei.

Ich denke, was ich will und was mich beglücket,
Doch alles in der Still und wie es sich schicket.
Mein Wunsch und Begehren kann niemand verwehren,
Es bleibet dabei: Die Gedanken sind frei.

Und sperrt man mich ein in finstere Kerker,
Das alles sind rein vergebliche Werke;
Denn meine Gedanken zerreißen die Schranken
Und Mauern entzwei: Die Gedanken sind frei.

dt. Volksweise

18

Wenn wir nicht mehr die Jüngsten sind, spielt das eigene Leben eine immer kleiner werdende Rolle. Die Gedanken wandern zu Eltern und Großeltern, zu Kindern und Enkeln.

In dem Zeitraum meiner Praxistätigkeit waren drei Jahre, in denen ich sonntagmorgens mit unserem Junior Tennis spielte. In einer größeren benachbarten Stadt hatte ich für die Wintermonate einen Hallenplatz gemietet. Im ersten Jahr ging ich noch meist als Gewinner vom Platz, im zweiten Jahr waren wir in etwa gleich stark. Im letzten Jahr hatte ich keine Chance mehr. – Vater war zufrieden, denn so muss es sein.

Ich glaube, der Sohn weiß bis heute nicht, warum ich auf diese gemeinsame Sportstunde Wert legte. Ich habe schon angedeutet, dass nach der aktiven Fußballzeit der Filzball über das Netz musste. Ich spielte in einem kleinen Verein unweit der Elbchaussee. Immer, wenn ich am Sonntagmorgen meinen Schläger auspackte, spielte auf einem Nebenplatz ein Vater mit seinem Sohn. Wie habe ich diesen Jungen beneidet!

In die Zeit der Praxisjahre fiel auch der Tod meiner Mutter. Sie war die Beständigkeit in meinem Leben und der einzige Mensch, der immer zu mir gehalten hat. Ich habe ihr so viel zu verdanken. Als Mutter sich von mir verabschiedete, war meine Trauer unendlich.

Aber diese Zeitreise soll nicht enden mit einem Abschied, sondern mit einem Beginn: In Garstedt, einem Dorf in der Nordheide, hat unser Junge eine Zeit lang bei den Eltern meiner Frau verbracht. Hier ist er eingeschult worden und hier hat er in seiner Altersgruppe Fußball gespielt. Aber es ist nicht so sehr das Fußballspiel des Sohnes in den übergroßen Hosen, welches mich an die Zeit denken lässt. Im Nachbarort gab es einen Hotelbetrieb mit einem Hallenbad. Dorthin fuhren wir am Wochenende. Das Schwimmbecken hatten wir meist für uns allein. Ich hatte mir in dem Schwimmbad meiner ersten Schuljahre – »Hohe Weide« in Hamburg-Eimsbüttel – von dem dortigen Schwimmlehrer eine Schwimmweste ausgeliehen. Der Trick war, dass ich die Weste mit immer weniger Luft füllte, zuletzt war sie luftleer. Welche Freude, der Junge konnte schwimmen.

19

Warum ich das alles geschrieben habe?
Nun, jeder von uns muss seinen Weg gehen. –
Das sollen auch meine Enkel wissen.
Es wird immer so sein.

20

Hinterlässt dieser Rückblick eine gewisse Traurigkeit? Es ist wohl so. Aber die Vergänglichkeit, die immer mal wieder durchscheint, gehört nun einmal zu unserem Leben.

Jedoch seid gewiss, Großvater kann auf ein erfülltes Leben zurückblicken. Er hat versucht sich nicht unterkriegen zu lassen, hat sein Gesicht immer wieder der Sonne zugekehrt und die wärmenden Strahlen genossen. Er hat sich am Leben dankbar erfreut.

Zum Schluss Zeilen von Eduard Mörike (1804–1875):

Herr! Schicke, was Du willst
Ein Liebes oder Leides;
Ich bin vergnügt, dass beides
Aus Deinen Händen quillt.

Wollest mit Freuden
Und wollest mit Leiden
Mich nicht überschütten
Doch in der Mitten
Liegt holdes Bescheiden.